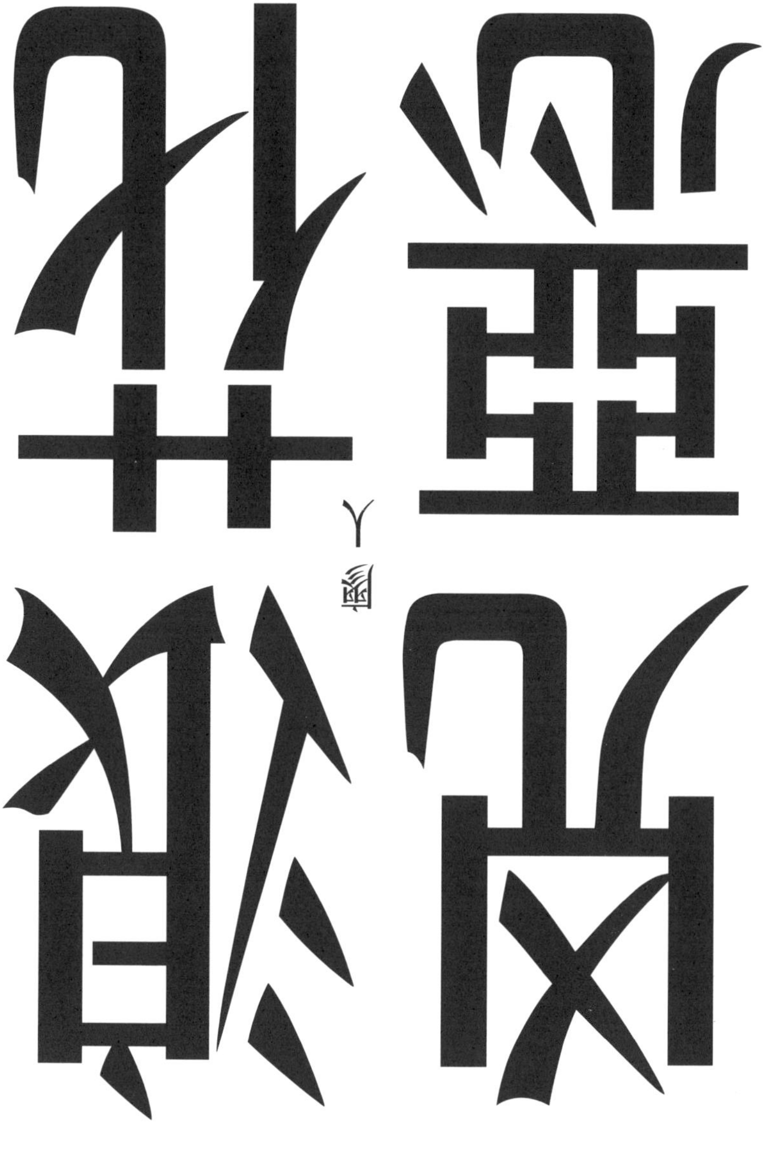

目錄

輯三　詠懷

輯四　無題

某些日常

某些日常

一心不亂
大笑

看江水飛
收回對江水
施加的魔法

明天的風提早來了
明天的鳥
埋葬今天的天空

其中一種未來
就像其中一枚檸檬

某些日常
找不到一面牆
值得塗鴉
換句話說，找不到一面牆
值得留白

坐定下來
看聲音
離開樂器

光在水上散步

笑的人看見自己
雕刻了
笑的造型

你站在田裡

你站在田裡
光線完成你的輪廓
稻穗
菅芒
夾帶蟲的風
圍繞你
搖動

噴射機畫出一條雲線

那是冰河
逆流入海
不要動——你說

不要動

像這樣，站在冰塊上
離開的人會睡著

一陣驟雨自彼而來
向彼而去

你濕淋的髮
貼住臉頰

一會，讓風吹開了
一會，掀起稻浪

浪花兇惡

1

浪花兇惡
清白

一種自毀的傾向：
來自風，劃開風
構成石頭，分裂石頭

在細碎的海雨中
讓海面
對齊視線

讓島

隆起爲身體

讓呼吸牽引山嵐
讓山嵐，包覆
半生的猥瑣

2

浪花吞噬自身
放任浪花
盛開千萬個人稱
一種完美的暴戾：
在亂石間殺人
浪花

可等待
不可臆測
這樣

平視山風海雨
這裡

時間
卽德行

海不招呼你

但你大方
接見它

七月

車輪輾過芒果心
紫荊花開

紫荊花落
一日召妓，一日彈琴
紫荊花開

七月正午
依然沒什麼好說的
在熱烈的柏油路上

暴露犯罪和庸俗
的種種餘裕
紫荊花落

不停流汗
觀察他人器官

紫荊花開
荒田有雨

滋潤七月
美麗的野心

又在人裡移動
不停分心。
想摸他人的脖子，或眼淚
想學會慈悲
或殘忍
的其一

六月

是怎麼
走到這裡的
一路上
沾滿鬼針草

風愛吹不吹
壓著草浪
逆光的人
站在彼此遠方
熱著
久久沉默

日光什麼時候
形成晚霞

影子什麼時候
稱爲黑夜
無限延長的
值不值得追問

六月
長久停滯的
堅決去意
在草浪　在墓碑間
跌宕

不爲什麼
置身於
金色的紀律
遠遠瞭望
模糊的彼此

突然忘記了
剛剛的念頭
想看清自己
每一張臉孔
而風景不斷飛過

風景不斷飛過
在草浪的中央
太陽很黑
六月很亮
不值得試探的
最最漫長
來路遙遠
前方空曠
天暗
不必相送

鹿

那些小孩子從不穿鞋。他們赤腳奔跑，在地上發出沓沓的聲音。我熱著，站在紅色操場邊線旁喘氣。七月的陽光壓在他們背上，一張張幼小臉龐陷入影中，像威嚴的父兄神情。「鞋脫掉」，他們這麼命令我，「脫掉鞋」。我半信半疑照做了。「襪子也脫掉。」於是我將黑襪塞進皮鞋，用腳掌體會七月操場的燙感。帶頭的那個，手臂一揚，衆人再次朝前方奔去。這一回我稍稍能趕上他們了，但仍落後一至兩圈的距離。腳底不斷扎著碎石，疼著，燙的地皮使我一步還沒跑完，就急著跨出下一步。發現自己也能跑得這麼快，我感覺興奮，但不明白是爲什麼。孩子也不回答我。它們逕自跑著，像一群健壯的鹿，舉著樹枝般的角，著迷地頂撞阻礙的風。慢慢我發覺腳掌磨破了，踩著血的步伐變輕變滑了，我明白操場爲什麼是紅色了。鹿們和我踩著彼此的血，將操場奔過一圈又一圈，將夕陽也跑紅了。月亮出來的時候，我們圍坐在場地中央的草皮上。鹿們無所謂地嚼著一種隨處可見的雜草，我也學著嚼起這種草莖：那味甘，止渴。黑色的晚風將螢火蟲吹來了，像失眠的星星。我問起它們腳底的傷勢，它們驚訝反問：你的血還沒乾嗎？

不能稱之憂鬱

四月

最好的時候我會躺在燈束下
躺在風和木地板之間
在每一個此刻想像：此刻我是
那兩個正在對本的年輕演員
高的那個穿著藍褲子一臉灰色
捏著劇本坐在漆黑的落地窗邊
過於刻薄的咬字
使那對白不夠眞實——
他還年輕，他還年輕。然而他不需
爲了臺詞而否認年輕
隨卽一通漏接的電話使他錯失一樁戀情
我也注意到另外那個演員
他握著簽字筆跪在地上畫線

橘色的T恤上印著他不認得的外國字
劇本要他用盡方法描下自己的影子——
他正苦惱，他正苦惱。他的苦惱正是
皺皺的劇本設下的圈套。
而我一句話也不說
只是躺在昏暗的燈暈裡
像個睡著的導演
四月的櫸木地板談不上燥熱
導一齣戲我談不上熟練

淺綠色的長窗簾淺淺搖動
四月是個不夠冷的冬天
退冰的檸檬茶在地板流著汗水
四月是個不夠暖的春天
白色的牆上水泥漆剝落
說夏天還太尷尬總之這是四月
我們的裁縫師抱著布和捲尺進來
我們熟悉的壁虎隨著門板走位

往後一個次好的時刻我會呈大字型
躺在另一片天花板另一座風扇另一束昏暗的燈暈下面
當作沒有人需要我大大方方合上眼
他們穿著新縫好的戲服盤腿坐在我身邊
最後一次拋接臺詞而我藉機小睡
蟬在漆黑的窗外摩擦口器
有人將門推開我聽見某人拉高的裙襬
聽見脫下的涼鞋和小心踮起的腳尖

我們將有一齣戲
在淺紫色的夜裡上演
我們的劇場所有觀眾赤腳進來
默默盤腿坐下，閉上眼睛
好讓彼此深深記住他人的臺詞
好讓彼此在他人的臺詞裡沉睡
好讓彼此永遠忘記
有一齣戲曾在四月上演

不能稱之憂鬱

閃電穿過烏雲
不能稱之憂鬱
閃電穿過機身
不能稱之憂鬱
水珠攀爬玻璃，水珠落下
一個籃球在操場
擊破無數水窪——

清晨，電腦尚未關機
——不能稱之憂鬱
清晨，輪椅上的孩子
將碗盤擲向牆壁——
清早時分，不夠暴戾的暴徒
紛紛擠上列車

避免目光接觸。清晨某人
在螢幕裡斷言：未來的我們
將不再能——
——此時另外一人起床
轉開螢幕

未來
將不再能——
不能明白，甚至不可敘述
某些古老的話題
明明知道，在最新的戰線
金融走勢，和細菌培養皿
所有事物
被錯放於正確位置
一次一次被移動
帶著無數僥倖

不是不能肯定只是
那不能稱之憂鬱
長年承接霧雨
而爬滿苔蘚的牆壁——不能稱之
小孩筆下錯亂的構圖
不能僅僅稱之神秘

種種不可稱呼的神秘
叫人不能當真的憂鬱
像雨，在清晨的草原上
奔跑
赤腳
而不在乎一枚圖釘

不是唯一一天

全世界的雨
彈奏全世界的樹
這不是唯一
聽見音樂的一天

起風了
全世界的樹，旋轉全世界樹葉
枝枒的綠琴弦上
躍動的手指反光
——不是唯一奇幻，或唯一
平凡的一天

不是唯一辛苦的一天。
在早上出門，在早上回家，在早上

後悔上一個早上
計畫下一個早上
不是唯一
疲倦，緊張的早上

螢幕裡：微妙曲折的語言
——不是唯一可以修辭的一天
螢幕裡：高亢的聲音，控訴著事件
——不是唯一
難以修辭的一天

廣場上，寫滿標語的T恤——
不是唯一值得動怒的一天
繁華的騎樓商家
嬰兒車被推著走遠——
不是唯一值得
謳歌新生的一天

不是唯一需要祈禱的一天：
修女走進巷弄
餵貓。
是否，將不可得的美善
寄託明天——
不是唯一，被昨日寄託的一天

救護車蛇行，疾速逼近
擔架衝撞輪椅，傳出
快門的聲音——
不是唯一聽見哭泣的一天

——愛過誰，誰就會離去
雨滴忽然跳上眼鏡

雲的後面是太陽嗎？看見銀邊的人
請說一個日常故事
說說平淡的情節。最平淡的——
因爲這不是唯一
令人哭泣的一天

不是唯一相聚的一天
不是唯一分離的一天
那些去到美好地方
卻沒說一聲，就啓程的人
一切還好嗎？這不是唯一
非得告別的一天

盲人

——與陳老師

村邊一間小館，老師請喝酒。他穿紫色的衣服，灰色的長褲，到了晚上就看不見了。讓人扶著，選了靠牆的桌坐下，那是六月。一條不知道自己可愛的狗走來，窩在我兩腿中間。**你喝吧你喝吧**——老師說，舉起手喚店員來，沒發現店員就站在旁邊。我想抱狗，但狗不給抱，拖著長毛在地上掃來掃去。**你喝吧你喝吧**——老師說——**啤酒你喝吧？**我看著菜單眼花撩亂。老師雙眼不移，大概把店員當作同學。狗的毛不怎麼黃，不怎麼白，不怎麼灰；不喜歡人的手掌，卻一直坐在我右腳球鞋。我注意到這張桌面是一塊透明的厚玻璃，用六塊粗礪的空心磚疊起。明明沒風，懸吊的黃燈泡微微晃動。老師的身影在桌底下顫抖。女同學來了，穿著粉紅和嫩綠，個個緊身牛仔褲和廉價食物，坐下，逕自低聲聊天。男同學來了，彼此不大講話，但習慣聽女孩子講。**喝吧喝吧，你們喝吧**——老師說——**喝酒，我愛看人喝酒**。大家就喝起來了。微暗的燈光下，老師戴著紫色的墨鏡，髮禿了，說話帶點日本口音。「他不能喝酒，高血壓，喝酒傷害眼睛」，老師指導的研究生替他點了熱檸檬汁。我點了綠酒和黃酒。我就著瓶口喝掉不加冰塊的綠酒和黃酒。人臉映在玻璃桌面。女孩子總自己低低聊天，男孩子聽也聽不懂多少索性划起酒拳。我和再不寫詩的老師默默坐著，聽著周遭各種渲染的情緒：機智的，刺探的，故作輕鬆的，矯飾與不懂得矯飾的，被認爲聰明和被認爲蠢的。到後來，我們一句話也沒說了。我們幾乎連一句話也沒再聽到了……我記得那是六月。瓶子據著桌子，而酒早就沒了。六月，雷雨一天下半個鐘頭，大量的蟲在田裡墜落。六月，北邊的黨與黨吵著，老師沉默；學校的長官與長官咬著，老師沉默；被當的學生門也不敲闖進來，老師說**請將門帶上**。六月狗在小店穿梭，在裙子底下激起假音的浪花：老闆養低嗎，好可愛歐，是不是老闆養低壓。另一桌的人轉電視，前轉一輪，後轉一輪。狗從一個女孩子腿上，跳到另一個女孩子跟前。沒了觀衆，划拳也無趣，男孩子紛紛探過頭摸狗。頃刻，幾瓶玻璃啤酒喝完了。人們一個接一個笑了。我聽見人們的習慣用語越疊越高，一旦沉默就開始搖。我看見一些飛蟻的翅膀折斷在地上，外邊的雨要下不下但下了起來。我記得那是六月，老師瘦瘦的身影被膨脹的話語擠到牆邊。離開時雨停了但沒人發覺。多年後我還記得這一切。那晚喝過酒的人一個接一個盲了。喝檸檬汁的人並未摘下墨鏡，而我整晚坐在他旁邊。現在換我戴上墨鏡，叫人**喝酒，喝酒**，雖然喝酒傷害眼睛。

法條和網球

專注於法條的人
坐在相機前面
談他爲絕食者爭取
布匹和空氣

我的磁卡吊在頸上
陰天的咖啡使人胃痛
兩個人在辦公室
對著話筒，打著網球

你一天天穿得體面
用喉嚨移動皮鞋
我不和你在菜單上爭勝
只在牛肉和奶油前，談論賽事

飛白的布條
在廣場強烈擺動
像風，連續殺球
我被激昂的聲浪
逼退至底線

只有寫作和絕食得看心情
——這是常識
你說

春雷也是常識
滿街的車移動春雨
將人們載往下班的餐廳

走啦，沒事早點走
讓絕食者能吃晚餐——你說
不是嗎，法條就是網球

螢幕上的球僮
在底線左奔右跑

我在雨裡呼吸
用常識的肺過濾空氣

我在場邊來回撿球
只爲了朝一個方向
全力丟出
就好像要丟出手臂

詠懷 2

——乍聞死刑

有時候，只是安於迷惑
安於夜色，迷惑於車流
明亮的迴光劃過漆黑的心中

有時候，只是安於沉默
瞬間，逼近漂浮的言語
不迎，不閃，想和所有辭彙
粉身俱毀——想把辭彙拋諸身後
像脫下一日的衣服

有時候，只是安於疲憊
涉不涉已，都身負重累
疲於祝福，疲於殺戮
地上的陰影逐漸擴大

誰說是鵬鳥，誰就是幼雛
誰就把臉仰向天空——

安於絕望的時候
聽見所有器物的聲音
同極互斥，異類摩擦——嘈雜的
音樂是飛昇的塵土，嘈雜的音樂
是沾附腳邊的塵土
眾人的腳和器物，是將被揚起的塵土

只是安於樸拙
一次次體會生靈
喧囂如果不是美德，旁觀如果不是美德
前額貼緊牆壁
今天，所有斑駁的心
今天艱難的心

詠懷

詠懷 4

攜帶手臂
讓臂沾附沙

攜帶沙
讓沙吸引水

攜帶風，留下座位
給草挫敗的空間

聽
群樹靜止
心恍惚華麗

詠懷 1

喜歡看水
飛向另一個水
帶著亮，撲向另一個亮
變得扁圓，勻整
看它們破掉

又撲向別個
淫狎的精靈
處於恆久的野蠻
騎在事物表面
且把一切暴露在外

像耗盡電力的鐘
宣示自己脫隊的時刻

只有秒針顧忌時間
在某一 格裡獨跳
在某一 格裡獨跳

詠懷3

陽光突然灑下
美麗的人自銀幕反光
經過你側臉

隨便就愛了
或者草草睡去
夢裡
說說廣告辭

柔焦的房車廣告
20多秒的民謠
不夠荒唐的下午
在沙發上

按遙控

連續
點擊
但還不夠
沙發的凹陷反光
一再中斷的
性交思索
但還不夠

要更靈敏的遙控器
但還不夠
把所有視頻
點成雜訊

連續點擊
影像和聲音
向愛向死奔跑

不能移開按鈕
對著你美麗側臉
按著
像愛
像死奔跑

雨的秘密

雨天
抖著桌腳
彎過
濕軟的
路
而不斷跌倒
依舊幼小

幼小而卑鄙
地板的縫隙
緩慢地拖曳
不要站在對面
不要扶靠斜邊

溫柔光滑的判斷
溫柔節制的分心
桌的弧線
車著毛邊

又各自置換屋簷

九月

九月
夜裡側過
光的頸子
穿過雨
躺在寬的階梯
海踱來踱去

的九月
裸著胳膊的
白色噴泉
像一位姊姊
明白所有事情
替我瞞住臉
說我不特別

輕按我左手
指著九月

對光全然忤逆
灑下大片椰葉
九月生長的岸邊
呢喃往返決定著
像海反覆思索
像夜孕育惡意
像海孕育惡意
像夜反覆思索
姊姊
你至少也
說些什麼

15:41

怔怔坐著
繞住自己雙膝
睏了
專心以故
風以故
貼著牆壁
在畫框裡

彼此
對琴音
都有些焦急
不怎麼確定
想駁倒彼此
或許也不
睡得大意極了

沿著水跡邊緣
下午
輕輕路過
混亂間醒來
看灰色的窗
全然溢滿了
好快
又慢得
幾乎死去

習慣了
死的位移
安撫死的摩擦
摸死的形狀
活著
擴張著
卑微下來

十月

陽光裡
看浮塵降落

冗長的意圖
恍惚專注交錯

風
久久穿越
形成徵兆的一切

風扇停在旋轉中
漸漸停止的

水面

劃破船身
一日

誤入心的密林
久久穿越

光束來回走動
轉瞬離去的

微微閃亮的輪廓
是美德嗎——不

是赤裸嗎

是橋
上去，閉上眼睛

水有水看人的方式
光有光——

用前額貼緊

雨景

也許處在
未達盡頭的
自由落體過程

街貌
好大喜功
櫥窗裡的臉
扭曲的錫箔

光天化日
無人尖叫

從彼此眼裡游過
水塔閃亮如水草

又在琴房獨奏
又讓同一根手指
壓下——

車胎層層
吃過雨地
車痕
畫出雨跡

輕輕搖晃
高壓電線
又是喙，又是爪，又是窗框

麻雀先後飛離
水平面一下
掉出杯沿

就
在光中分心。
在光中，讓光線
逃逸

有一種
放任事物隱匿的眼神
不要後悔。
那時，你很年輕

雨巷

在雨巷
喪失一些重量
在雨巷
折斷某些東西
在雨巷

泛起潮熱和刺癢
在懸浮

的光點之間
在洶湧的打鬥後
在

肉體的要塞裡

誕生獅子
和生鐵

冷雨
水平滑動

察覺鏽斑
分裂了細胞

陰影
雕刻了餘暉
餘暉攀爬
濕淋的建築

天空正在暗下
雨路更模糊
繼續滋事
同時緩慢受辱

牆角的手掌
一一鬆開

觸摸更加
新鮮的事物

這地上骯髒
小巷輝煌
念頭不免嚴肅

夜雨

形成夜雨的黑暗
形成黑暗
的透明

伸出手腳
的葉子
舔舐眼珠
的燈暈
光刺靈敏
抽長
漆黑狀態呼吸

正在壓制窗戶
正在更動

事物
時而破碎但
碩大
隨機萎縮
且擴張
在漆黑裡
亂飛
一再自我
抹消
的色彩
軌跡

植物式的
昆蟲夢境
昆蟲式的
禽獸夢境
小池裝滿深水
天然寧靜宰殺

寧靜等速的企圖
冰涼俐落的折磨
無辜的換氣誤差和
無辜換氣誤差

街燈空曠

街燈空曠
雨金黃
飲酒的人可以
循一般途徑衰敗

無差別的野地
暗花隨處可開
你是雨

是某種加速
墜落的豹
是冰涼於夜晚的措辭
眼角複雜
眼光燦爛

金屬車身亦有酒意
與酒意的科技
這是幾月
明天什麼季節
什麼隱秘的情境
是誰輪流得逞

在溫熱的塑膠樹下
不爲什麼地
坐

繼續
以沉默
唆使他人
圖謀自身偉大

這螢光的野地
誰能單腳站立
一種搖擺
而激進
的自我節制

構成街景
的邪惡

不夠遠
又不夠陌生
金色的雨爆炸
酒開始喝人了
人用臉笑了

聲音吃草

聲音吃草
水復活

去年砍下的樹枝
金光躍動
可疑的隱性衝突
一人玩蛇

魔幻光滑的表面
剖開大羊

曝曬金光
陷於某種嬗變

水吃草
身體改變顏色
再次推遲瘋狂
癒合
有了孿生
摘下其中一個

十二月

有雨
有花的戰慄

十二月
山色洶湧
湖心下降
一個行星布滿
痙攣的波光
你來

不帶一絲神秘
暗中閉上眼睛
回程的路
多蛇的山坡

住過的身體

一日陌生交配
隨機掠奪
在枝枒
大量空蕩間
靜待攻擊

聽雨斬花
無一念判斷

看花斬雨
有復活的宿命

湖心遙遠彌合
眼珠破碎
日月一陣冰涼
衆獸

湧入體內

草葉翻飛草葉翻飛

笑花僞

笑花僞
笑花僞
紅色憂傷失速
紅色天空潰敗

紅色波浪撫摸魚身
餘光繫住風箏
細沙掩埋的動機
笑花僞

紅色樹葉埋森林
谷底羽毛飛上天
空無一人的邊境
笑花僞

紅色浪花攀登山壁
浪花墜落斷崖
音樂的內心

音樂的內心政變
音樂內心紅色
擦撞紅色
紅色塗抹所有紅色

紅色滿地摩擦
水摸腳掌
笑花僞
紅色飛鳥散亂排列
水摸膝蓋
笑花僞
新的歡樂蔑視新的歡樂
新的紅色傳染新的紅色

新的魚身
貫穿新的魚身
紅色憂傷失速
音樂的內心
細沙掩埋細沙

※詩題源自日本漫畫家

無題

頂樓

傾斜公寓
一顆軟球　從頂樓
滾下樓梯
彈跳　重複彈跳
潛入底層
心懷某些
物理形式
途經多種色情狀態

無比可能的一切
加之枉然的可能
喜歡跳水的人
在自己夢中發言了‥

無題 1

當一個聾子
聽見了自己，和聲音之間
的無盡摩擦……

整點的時候聽見鐘聲
那是鐘在敲你

摸黑一輩子，沒有他種假設
死前，從大鐘內
一頭撞去

無題 2

1

而不自覺，模仿它
而開始爲它禁欲

雪中侏儒
被花葉訕笑的樹
你被咀嚼
被一個詞語沾滿口水

2

上坡路，不見五指
下坡路，燈海輝煌

剛剛發生了什麼
沒有一隻蟲子飛進

3

夜更深了。
鄰人的狂歡正要開始。
明天天氣晴朗
陽光顯得色情

無題 3

它甚至
創造了它的信仰
屍體持續腐爛。
現在，你有兩千年
可以塡土

一張蛛網
在山洞和夜空之間
張弛

無名獵人
坐對瀑布，擦槍

無題5

一個民族
的口腔期：

戀貓，惆悵
閃閃躲躲
落落大方

親愛的人，請你將它
種在鹽土裡

雨落無聲
玻璃也被下黑了

無題 4

這樣安分的一天
你沒有殺任何人

一個男子在月臺手淫
一些液體
衝撞一班電車

閒來無事你回想
自己如何成爲賭徒
閒來無事的修辭
染指了你的一生

無題16

身爲一根拐杖
你樂見一個跛子

身爲一個跛子
你奴役自己的手

身爲一隻被丟棄的手
你長年
伸出地面

就等一次機會
鑽進它懸空的袖子

無題14

一條魚
如何把河游破
你站在堤防邊
看風，和塑膠袋
相互捕捉

你思考它們
你一副思考它們的樣子
成全它們
你一副成全它們的恩人
的樣子

一條河
如何把魚消化

無題 9

拉開它
背後的拉鍊
把它穿上街

用它的手
解開別人鈕扣
手腳並用
伸進去
穿別人

路上挑個順眼的
尺寸也得恰恰好
熱了就脫
冷了穿
一些式樣充滿創意

穿你身上不見得好看

也有人穿你
導致過敏。

將你穿得好的
亦是大有人在

偶爾撞衫。
你偶爾爲此嫉妒，厭煩

但從未
眞正計較

如果佛要金裝

你們曾對它
心懷感激

無題27

一隻淺色的蜻蜓
降落風中

看，有風
吹起眼裡的蜻蜓

看
風
貫穿蜻蜓的雙翼

它被釘住
在半空。掙脫
又掙脫

時而
停止
的風

朝著你的複眼

無題35

被風雨摧毀的那些
又讓它
長出來了

今年按例
把糧食
種在身邊
拿鋤頭，把土填實
把腸胃掏鬆

好日子：
可以媒妁，入殮
斷髮
求醫，開市

吃魚先於剝刺

壞日子：
上街數人
沿街除蟲

街景豐富
聲無哀樂

農夫理應
餵飽農田

餵你的愛，一些
美麗哀愁的小事

無題44

體內有魚
幼稚優雅地
游

細繩垂下，輕輕搖晃
輕輕將它拉直
割斷

是山，就在山外
是誰
在海上牧羊

誰把圓規
插在地上

粗大，生鏽的圓規
兩頭
插在地上

※在海上牧羊，得自昌耀句

無題37

持續長大的死嬰
聽見自己的乳名

夜裡它拍手，搖床
白天，它笑著看你，說：
乖

爲了生活，你在中午挖路
電鑽瘋狂追撞柏油
一個孕婦在閣樓裡盜汗

無題 47

一群黑色小蛇
吐著鮮紅的牢騷
被拍斷的蟲翅
代替蟲——飄向
閃電照亮的水溝

大街安靜
智障者在家
攻擊鏡子

大街安靜
你在腦中
撈水銀

空氣在動
在動
擺脫自己
的輪廓

肉體之王
就地處決神靈

無題50

品種曖昧的
新鮮果肉
在自己的潮濕中
慢慢生鏽

海灣起大霧
失智的青年
在隱密的山坳裡
替人挖洞

中午。放飯
鏟子立在土中
汗濕的手臂
捏著湯匙

挖水果

湯匙
以冰涼的
隆起
捍衛冰涼
的凹陷

果肉把湯匙
死死含住

無題51

在寧靜中屠殺
聽見音樂了嗎

在音樂中踮腳
看見遠方了嗎

漆黑的影子覆蓋眾人
心裡的河隔開你我

陌生龐大的意志
你是誰

光合

1

哪裡掉下了音樂
市場滿地魚鱗

高樓上的截肢者
土裡的潮汐

老天爺，老天爺
把紙攤開，把紙攤開

3

提前下車
陽光正面狙擊

鹽
跌了一下
勤快的
恥辱之舞

5

雨腳
走過河面

開花，葬葉
一個下午美麗
恰似魚眼

7

剛有頭，就斷了頭
長出鰓，就被刨落
剝了皮
又產卵
才燙熟
又涼掉了

9

馬在踩
地上的雞

敏感激烈的戀愛
馬在踩
地上的雞

吉他清涼
大路空曠
馬在踩地上

的雞馬在
踩地上的

水果長成圓形
馬踩地上
的的的雞

11

停電
等待瞳孔放大

電來了
縮小

用電，抑止瞳孔
無限地增長

全盲的
映在半瞎的
彈珠眼上

13

菜刀用久了
它能找出肉來

找肉的刀
切肉更快了

這人，也不光吃肉
這刀，讓它
切點菜

15

籠子裡，捉到了異種
刺激它們
交配

春天，一種守舊
畸形的概念

唯有嬉春。沒有更
體面的了：
一秒也不停止
繼續，漫不經心的

嬉春。沒有
更日常的了

17

是
還不錯

渾身
長滿了嘴
往下，往下吞
吞，吞。學舌。
生了痰，有法子
吐掉
是
還不錯

19

山風
把狗
吹到天上

河裡
有幾對
睪丸

棋盤邊的小孩
看人的口袋

一隻賤手
捏著爛棋
不下下去

21

速度，只是
活該

貓狗
一一輾過

半秒都
不要遲疑：速度
逼車活著

巨大的輪子
緊貼在後

是懇切的速度

23

喜，憨，你不是
當令的花果

碰巧掉落
被這隻手撿去
啃了一口

傷，殘，你不是

清潔的飲水
用你養魚
魚可以
游泳

想捏捏
這條魚嗎

25

老婦
身上掛滿寶特瓶

賣光，回家
捏氣泡袋
她就喜歡

捏那種氣泡
那些可愛的小小圓形
將它們
一一
捏爆

說，你說，要聽你
親口說：說她
就喜歡，就愛
捏那些氣泡

27

今後
就是這具身體了

多汁，帶鹽
經年累月
天然醃漬

身體，只是
對肉的報復

巨大的鋼球飛向天空
瞬間回擊另一顆鋼球

雪

○

雪中，房子矮了
靜靜等雪退去

○

黎明旁邊
漆黑漆黑散步
一些白色緊咬
一些白色

○

雪中
鞦韆漸漸停止

鞦韆停止了嗎

誰家孩子
扯著鞦韆
一股幼小的狠勁

不讓雪來
坐鞦韆

○

僞裝成雪，僞裝成山
僞裝成鞦韆
和鐵鍊

白色鸚鵡
飛了起來

○

靜靜等雪退去
你的眼睛更
靠近天空了嗎

○

孩子比你
適應雪
小腳踩出一個個洞
象鼻症者臉上
的一些窟窿

○

石菩薩端坐
雪更擁擠

低眉，不忍冒犯
衆生自瀆

而雪更擁擠更
擁擠

〇

動身
前往邊境

白色，如果你
慈悲
把它蓋上

如果黑夜
出來狩獵
把它蓋上

如果把你弄髒
把它乾淨蓋上

○

在逼眞的雪中
置身雪外

黑夜破窗而出
黑夜奪窗流出

雨雪紛紛
的黑夜

你不曾
雪也不曾

陰天

設想一個啞女：
至少
稱讚她美麗

空氣不在空氣之外
或之內
陰天，形狀古怪的白色
被樓房和百葉窗切割

在陰暗的光裡
呼吸微塵

靜物靜靜構圖
動物用身體

產鹽

工作餘暇
犯罪
懷著疑心
和幽默
在冷盤上
相互安慰

陰天如此平凡
吊在狹窄的陽臺外
被單和衣褲，安安靜靜
朝車頂滴水

沒有邊緣
朝遠方延伸
陰天
籠罩陌生的戰事

籠罩西藏天珠
火山板塊
瘟疫規模，匯率槓桿
腦死的醫學史
無限彈出的視窗
生字拆開生字

遠方
有高塔，可以
登高

富麗的子宮
座落在眼前
眼前，一推理
卽有反例

陰天適合推理

適合患者呼吸
適合術後的
一切復健

健康的口鼻
自己能
浮出水面

設想一個修行者
被人問起
禁欲
的秘訣

設想那個迷路的啞女
她眼中的陰天

設想萬物，在遠方
哺育天地

設想天地
在遠方
代你吞咽

有時候，比剛剛
老了一些

比剛剛更
甘於蒙昧了一點

而宇宙
那麼年輕，幾乎
幼小

甚至沒有
可受驅使的欲望

一個陰天要是
突然轉暗

沒有白色的底圖
輪到你

成爲靜物
的靜物

輪到你
安安靜靜
注視一度
安靜的陰天

無字

最後
朝向太古而今
分歧的時間
一切感知的流向
朝向鹿
背著夕陽的身形
漸漸擴散

吞噬一切的
火焰的腳步：
它所及
泯滅全部形容
它留下
聲音的軀體

它徐行。
在所有事件上
踐踏

每一個字
還原爲火——
蒼白的書頁
遍布烙痕。
從焦黃的字洞
和細碎的灰燼之間
望去

會見了鹿，撫摸了夕陽
自激流中
浮出臉與手掌
最後
成爲草原的呼吸之一

一開始
它們就都醒著

後記

※

十六年前我從臺南成功大學畢業，到嘉義中正大學讀碩士。我租的房子，工作的三合院，就在稻田和鳳梨田的中間。出門上課，上班或喝咖啡的路上，我遠遠望著各種農作物，白鷺鷥和稻草人。久而久之，它們好像成爲我的鄰居。我們靜靜望著彼此，互不打擾。

田野有田野的味道。田野有田野的日常。風吹過田野，稻浪的掀動，也有一種田野的速度感。隨著作物生長，田野的色彩也會變化。在休耕期，農人將稻草紮起，引火燒田，使下一季的田維持肥沃。那種單一，和緩，常中有變的速度感，節奏感，季節感，在田野安居過的人或許都能體會。

在田野生活，跟著田野呼吸，我慢慢把詩的雜質放掉，隨自然的身體完成詩句。詩不只是大腦的精心造作，更是全身心一致的運行。在輯一至輯三，我表達自身和外在的臨場感，交會感，試圖寫下身心與自然共存的詩意。那些年生活的感覺，包括我常去的破爛咖啡店感覺，可能也一起留在句子裡吧。

※

我特別喜歡廉價又破爛的咖啡店。一方面是當年的經濟考量，一方面是在乾淨明亮的咖啡店尤其不自在。只有偏僻小巷裡的爛店才得我歡心。因爲夠爛，所以我愛。因爲我愛，所以它們撐不了多久就會關門大吉。通常它會有骯髒的桌子，搖晃的椅子，可怕的廁所，亂播的音樂，和心不在焉的年輕店員。我喜歡和朋友在這種地方鬼混，談一些毫無實際效益的事情，或者就一個人看無聊的小巷風景。

退伍後我住臺北，周旋於幾個辦公室之間，每天早出晚歸，耗去很長的時間通勤，領很少的薪水。僅有的一點下班時光，就到路口破爛咖啡店坐著，聽耳機音樂。看街上行人，商店櫥窗，路邊水溝蓋，垃圾，流浪的狗貓。各種事情催逼而來，不斷將我捲入而與我無關。直到深夜才在疲憊中返回住處，迎接另個庸碌的一天。那段日子我在生活壓力下喘息，睡眠不足，對一切感覺淡漠，遂不在意什麼抒情什麼技藝，看到大學時修飾的少作，感到尤爲不眞實，於是毀棄了絕大部分。時間很少，精神疲勞，只能看稍微看得下的書（連讀也談不上），塡幾個不太討厭的字。輯四的作品大多這樣完成。

待久了破爛咖啡店，會遇見熟面孔的街友。他們穿著被丟棄的衣物，拎著舊東西，像日常的另類戲劇。那些物品的式樣，商標，和他們的姿態，共同型塑了時尚之外的街景。時代所欲拋下的，和時代所珍視的，不是同樣眞實嗎？輯四大約和這些被棄，傷殘，變異的角度有關，希望表達某些言外之意吧。

※

這些詩被寫了下來，留存在電腦裡。很長的一段時間它們被我遺忘。我離開辦公室，返回校園，課餘時光依然坐在破爛的咖啡店內。出門用餐的上班族經過我眼前。載滿活雞活豬的卡車經過我眼前。陷入奇怪著魔狀態的我，也同時出現在自己電腦螢幕光影反射的眼前。在令人目盲的夏日酷陽下，我渾身冒汗狂敲筆電。漸入秋冬，又在新竹不可思議的暴風裡猛按，就像跟鍵帽有仇一樣。就這樣完成了《13》，並感覺非將它出版不可。

《13》成書之後，《浪花兇惡》有幸獲獎，事實上這些才是我的第一批作品。它們像清冷的海浪朝很遠的地方退去。謝謝幫助我鼓勵我的諸多前輩老師朋友，寫下此文以說明，並紀念每一間被我愛過且果然倒閉的咖啡店，那是年輕而頹唐的我的歲月。

附錄：索引

〈九月〉，《現在詩 03》，臺北：唐山，2005。

〈雨的秘密〉，《現在詩 03》，臺北：唐山，2005。

〈鹿〉，《現在詩 04》，臺北：唐山，2006。

〈你站在田裡〉，花蓮文學獎，2008。

〈無題 9〉，《衛生紙詩刊 06》，臺北：黑眼睛文化，2010.01。

〈無題 16〉，《衛生紙詩刊 08》，臺北：黑眼睛文化，2010.07。

〈不能稱之憂鬱〉，第十五屆臺北文學獎，2013。

〈雨景〉，《自由時報．自由副刊》，2016.07.17。

〈詠懷 2〉，《自由時報．自由副刊》，2016.07.17。

〈不是唯一一天〉，《自由時報．自由副刊》，2017.01.16。

〈法條和網球〉，《他們在畢業的前一天爆炸 2》電視劇形象詩，2017。

〈笑花僞〉，《自由時報．自由副刊》，2019.12.24。

〈頂樓〉，《字花》第 83 期，香港：水煮魚文化，2020.01。

〈無題 37〉，《字花》第 83 期，香港：水煮魚文化，2020.01。

〈雪〉，《字花》第 83 期，香港：水煮魚文化，2020.01。

浪花兇惡

作　　者 / 廖　人 bheadx@gmail.com
美術設計 / 吳欣瑋 torisa1001@gmail.com

發 行 人 / 張仰賢
社　　長 / 許　赫
總 編 輯 / 施榮華
出　　版 / 斑馬線文庫有限公司
法律顧問 / 林仟雯律師

斑馬線文庫
通訊地址 / 234 新北市永和區民光街 20 巷 7 號 1 樓
連絡電話 / 0922542983

製版印刷 / 龍虎電腦排版股份有限公司
初版日期 / 2021 年 3 月
I S B N / 978-986-98763-3-9
售　　價 / 350 元
創作補助 / NCAF 國 | 藝 | 會

第三屆【楊牧詩獎】獲獎作品 (2016)

國家圖書館出版品預行編目 (CIP) 資料

浪花兇惡 / 廖人著 . 初版 . 新北市 : 斑馬線 , 2020.05
168 面 ; 13×18 公分
ISBN 978-986-98763-3-9 (平裝)
863.51　　109004661